Works

朝妻 誠

書肆山田

目次——Works

Works

MOVE！

1

朝になっても青い鳥は死なない。朝になっても物語は終っていないのだ。寒い冬の夜の道をひとりで帰る。目覚めても僕の背中からその傷跡は消えず、セーターをめくればあなたの腹部にまだその文字は残っているのだ。

2

アタシハイタイアタシハイヤダアタシハキライダと少女は言い続けるが仕方ない。僕はさらに強く手を引いて水場まで連れていくだろう。伝えられず、台無しになるかも知れないが、ここで飲ませるしかないのだ。

3

薄い塩で味付けされたやさしい言葉を使えと預言者たちが言ったのに、僕たちはひどい結果になった。伝えたいことはとてもあたりまえな言葉で、身勝手なことなどけしてできないが、諦めるわけにいかないのだ。

4

だが突然信号は変わり僕は行かなくてはならない。せっかくあなたに会えたのに、ポケットを探ろうと突っ込んだ右手をそのままに。もうここからは見えないが、伝えることはできたのだろうか。あなたの言った通りだったのだ。

5

さっきから女は小さな指で僕の頬を撫で続けている。汚れてざらざらの頬だ。窓の光の眩しいこの部屋のベッドで横になったまま、もう何時間も女は黙っている。口が利けないのではなく、言葉が通じないのだ。僕はあなたのことを考えていたのか。

6

嘘つきはいつか嘘がばれて、あまり様子を知らない連中からひどい目にあわされるだろう。でもニセの物語を書き続けた性根のやさしい詩人は、何度も何度も首を吊ったけれど死ねない。死ねないから生きている。きっとこれでいいのだ。

7

僕の手紙は着いたのですか。昨夜遅く長距離バスでこの町まで来ました。はじめての町でとても寒く、ひとりでビールを飲んでも少しも酔えません。あなたがどこかに行ってしまうのならその前に読んでほしい。手紙は着いたのですか。

8

昼間の巨大なデパートの屋上で、少女は巨大な黒い鳥を見上げ、しきりに何かを話しかけていた。深夜泣き叫ぶ少女を起こし何を話したのかと問い詰めても答えはない。約束だから仕方ないのだと。少女は眠りについたところだ。

9

そして名付けることから始めても良い。何も完了していないのだ。あなたの鎖骨から上腕にかけての不定の曲線を僕は何と名付ければいいのか。その日、眠るあなたの背中に触れながら僕は未分化の痕跡を探し続けたのだ。

不在

追いかけて私は出発した咲き乱れる太陽草のひとりの
高地から足早に逃げ出し日常の町並みの閉ざされるカー
テンを遠く見下ろしあるいは現存するその部屋のベッド
から辿る指先の行き着く細い鎖骨の接続するやさしい感
触と別れ私は出発するだがそんな夢はすぐにも消え去り
再び上昇する太陽に照らし出される盛夏の私の体内に空
けられた風の墓地からは連なる夜半の記憶が全て消失し
暗い夜には日向の匂いの唾を吐き出し私は出発する鏤め

られた言葉の曲がり角を路地をいくつもやり過ごしその度よく似たあなたをこの手から失い悲しみ乾いた頬に寄せられる都市の下腹にはさよならと言い私は追いかけるいつか本当の夢の広場に立つ私の前の朝霧に太陽は差し込みあなたは濃い色合いのドレスを身に付け翻し私の痛い胸部へとつめたく接地するだろう風が強く吹き抜け草花が明るく輝く高台へあなたは私を誘うのだここを進む私の知らない町並みのいくつもの昏いガラス窓には数知れぬ罠が張られていて現実の私は疑い深いが物語の少女のように必ず現前するあなたの強い意識の残響を聞き取り私はあなたの不在について突然に確認するのだ。

少女誘拐

吐息白く音もない雪の夜、私は不確かに広がる街灯の下で美しい顔立ちの黒髪の少女にすみやかに誘拐されたのだ。少女は黒髪に見え隠れする薄い色合いの瞳に私の姿を少しだけ捉えると、いつの間にか少女の手の中のガラス瓶の中に私を静かに閉じ込めてしまうのだ。それは私の記憶の中の深夜を想像させる、あの学校の理科室のガラス瓶であると私は少女の指が磨り合わせのガラスの蓋を閉める時かすかに確認していた。そして私は薄れゆく意識の中で、歩き出していく少女の掌や洋服の端々や拡散する夜の雪をぼんやりと見つめながら、私がこれから行く場所を既に知っている事を思い出していた。何故ならばその少女は既に私の薄れる意識の中に入り込み、私に少女の秘密を思い起こさせ、ひそかに私たちふたりだけの約束を教えてくれていたからだ。そして気がつくと私は再び不確かに広がる街灯の下にひとりで立ち、外套のポケットの中のガラス瓶の中の少女をそっと左手で触りながら、深く降り積もった雪の中を何処かに向かって歩き出していたのだ。

Crying・風哭町

低い屋根のよく似た家並みは何処までも続き、私はその途切れる場所を知らない。家屋の戸口は堅く閉ざされ、夕刻でもこの町で人影を見ることはまれだ。吹き止まぬ風と細かな砂粒に目を開けていられず、私は今日も女の待つ家に帰ろうとしている。女は私の買い与えたセーターを着て、やさしい笑顔を見せるだろう。

遠距離バスからこの町に降り立った私に、通りの向こうから見知らぬ女が何かを叫ぶ。それが私と女と町とのはじめての出会いだ。強い風に消されてか何事か聞き取ることができず、訝りながら私は女のいる通りの向こう側へ渡った。近づいた私に女は突然微笑み、意外な程の力で私の手をすばやく引いたのだ。

ここに住み始めてどのくらい時間が経ったのか、夕刻、ドアを開ける瞬間に私はふと思うが、灯りをつけて迎えてくれる女の顔を見るとすぐに忘れて、女の声に耳を傾ける。吹く風の音に消され、意味を聞き分けることはできないが。暗い部屋に入り女が後ろ手でカーテンを閉めるとき、町の家々の窓に点り始めた灯りが見える。

今日もまた夜半になれば、女と私は灯りを消して静かに眠りにつくだろう。女は私の横で私の手を握り、今夜も悲鳴を上げるように口を開け閉めして、風の音の中で私に何かを伝えようとするだろう。それを聞き取ろうと近づけた私の耳朶からは、つめたい血が一筋流れ落ちるだけだが。私は眠りについた女の衣服をそっとめくり上げると、再び女の下腹にひとつの文字を書き始めるのだ。

トロイメライを探して

発語の、と書いても私は伝える言葉を持てない、こわれたオルゴール、こわれた古いオルゴールの折れ曲がった何本かの櫛歯、音のない鈍い風のような、その聞こえない唸り、メロディ。

どこまでもすりかえられていく、私たちはどこまでもすりかえていく、夏の午後二時、風の渡るその部屋で音のない（記憶の？）、そこから始めるのかそれとも。

だがはじめてではあり得ない、いつも繰り返されたこと、聞こえていた頃のメロディ、ネジを巻いて、またネジを巻いて（何度？　誰が？）、だが私たちはけしてはじめてではあり得ない。

発語の。だから私たちはよく似た、この人工的な所作を続けていくだろう、突然の夕立が終り、不明な虹が出て、低く降りた太陽に消し去られそしていつか夜になる。（夜、作り出されるこの人工的な夜、声の？）

私は折れ曲がった櫛歯を指で弾く、その低い振動。ここはその夏の高地のようにとても静かなところだ、聞こえていたのだ以前は、ひとつきりだったはじめての意志のように。

だがこの場所、変えることのできない私たちの場所から、また続きを始めることになるだろう、トロイメライを探して、私たちのトロイメライを探して。

*題名は村上龍の小説「コインロッカー・ベイビーズ」より

Water

夏の巨大なテーマパークは人影もまばらだった。誰も乗っていない廻るメリーゴーラウンドでもうひとりの私があなたと会っていたような気がしたが、私は子供たちの声にせかされ先を急いだのだ。妻はお弁当の入った袋を大事そうに抱えている。アトラクションはみんなで小舟に乗って冒険に出かけるのだ。愛想は良いが帽子の下の顔がはっきりしない係員に誘導され、私たちは何故か宇宙船のような形をした舟に乗り込む。流れ出したメロディに乗って出発すると舟は水しぶきを上げながら濁流の中をゆっくりと進み洞窟のような暗い空間に吸い込まれていった。私たちの舟は怪魚と遭遇したり海賊と戦ったりしながら薄暗い水路を進んでいく。それから暗闇の中で突然激しい衝撃があって、私は舟が水中に潜ったのではないかと少し驚いたが、子供たちは楽しそうに燥いでいる。気がつくと周囲は明るくなり、舟はいつの間にか小さな入り江のような場所に到着した。入り江の先には入口を示すドアがあって、その先に広い空間があるのではないかと私は思った。ドアを開けるとそこは長い廊下のような場所で私たちはその先にゆっくりと歩いて行ったが、ここは室内である筈なのに突然夕立のような激しい雨が降り始めるのだ。私たちは雨を避けて走り出し、長い廊下の先にやっと見つけたドアを開けて走り込む。

その部屋は温室のように明るくて広い空間で、美しい草花に囲まれ中央には大きな水盤のようなものがあり、透明な水がこんこんと湧き出していた。喉の渇きを覚えた私はその水を手で掬い喉を鳴らして飲んだ。何故か音楽は止んでいたが、ここはなかなか素敵な場所だなとあたりを見廻すと、私の家族がいない。そうかここから先は私ひとりで行かなければならないのだと突然私は気がつき悲しい気持ちになるが、歩き出して草花の間を抜けながら私は次のドアを探す。立入禁止と書かれたドアは大きな木の陰に隠されてあった。躊躇することなく私がそのドアを開けるとやはりそこは真っ暗な何も無い寂しい空間だ。目をこらすと遠くの方に小さいが美しい光が輝くのを私は確認することができた。私は迷うことなくその光に向かって走り出していく。あなたがそこで待っているのだと思った。

Deep

進み続けるうちにあなたはまず言葉を失ったあいしているあいしていると繰り返すあなたの声を聞きながら手をつなぎながらその繰言の意味を忘れてしまいそうになりながら私たちはその先へその一歩先へと逆らいさらに降下していく繰り返すあなたのあいしてがいつかあいしになりあいになりあになっていくうちにあなたは声を失っていき私にはかすれるあなたの発語を聞き分ける力もなくなっていくのだ振り向けば後ろは暗く私たちの周りはさらに暗くささやきのような呼吸のようなあなたの唇

の動きはもう見分けることもできないがつなぎ続けたあなたの掌に薄くにじんだ汗だけが私たちの隔たりをつなぐひとつの場所のように温度を持ちはじめてここまで何度も確かめてきたあなたの意志がすべて融け合いひとつの言葉になっていくようにも私には思えるのだここを進む私たちはこの道の辿り着くところも知らされていないのにあなたはそこにあるものをはじめから知っているように見つけたようにつなぐ手に力を込めてくるいつか私たちの周りでは道を行く私たちの気づかないうちに静かに加速がはじめられているあなたはもう何も言わず何も答えはしないが私たちが耳を澄ませばその一歩先にはさらに深い降下が待っていて私はつないだ掌をもう一度強く握り直してはそのことを繰り返しあなたに伝えようとしていたのだ。

Shine

　なだらかな丘のようなところをどこまでも登っていく。とぎれることはないが遠い遠い道のりだ。はじめはあなたと離れ離れになるのがとても怖くて、僕はあなたの手をきつく、汗ばむほど握りしめていた。笑いながら小さな悲鳴をもらしたあなたは、立ち止まると僕の肩を少年のように抱きしめ、これから行く場所の方を指さして言う。馬鹿ねわたしはここにしかいないのに。あなたの弾んだ呼吸を急に身近に感じて僕はあたりを見廻すと、ここはまるでたくさんの草花に囲まれたような美しい場所なのだ。ほら、見えてきた、と言ったあなたの指し示す彼方に、かすかにだがはじめての光の端を僕も見ることができた。急ごうよ、もう少しだよ。そう言ってまたあなたは歩き出し、追いかけて並んだ僕に子供のように笑顔を見せる。足元からはさくさくとした音が伝わってくる。僕たちは今までいたところとはずいぶんと遠い、高地のようなところに向かっているのだ。あたりはしんとしていて、僕は空気が薄くなって来たのがわかった。でも呼吸は少しも苦しくない。あなたは僕の横でうっすらと汗をかいている。道は少しづつ険しくなりはじめたが、僕たちは何かに引かれるように立ち止まることなくどこまでも進んでいった。そしてしばらくして、きっともうすぐだよ、もう少し、とあなたがささやいた直後、その光は僕たちの目の前に突然現れたのだ。あっ、というあなたの小さな声を僕は聞いた。あなたの指とあたたかな体温を僕は感じた。それから光はしずかに僕たちの周りに満ちていった。はじめはやさしい陽の光のように、そしてだんだんと烈しく、光の量は増していく。ねえ、もう目を開けていられないわ。そう言ったあなたの姿を僕はもう見ることができないでいる。いや、もう僕が目を開けているかどうかもわからないのだ。光の渦の中であなたの呼吸の音をとても近くに感じる。あなたの呼吸が僕の耳元よりもっと近いところで聞こえて来るのだ。それは規則的なリズムで、あなたの体温のようにやさしく心地良かった。それから僕は、あなたが僕を呼ぶ声を聞いたように思う。気が付くと僕たちは、僕たちの知らないさらに次の場所に向かって再び進みはじめていたのだ。

Bloody

静かに光をはねかえす銀色の鏡を叩き割って、僕はあなたを探しにその町へと降りていく。ギザギザした破片が僕の周りに飛び散って、降り立った僕は顔を庇うが、右手から流れる血には気がつかなかった。夕刻の太陽が数知れぬ建物の向こうに沈もうとしているここははじめての町で、ずぶずぶと鏡面を逃げ込んでいったあなたはもうずいぶんと向こうの通りを素早く曲がった。追いかけて僕は走り出すが、ぬるぬるとした舗道に足を取られた。気がつくとこの町は暗い建物の影で、幾組もの男女が畜生のようにそして声も立てずただ交接に耽っているのだ。近くの路地にいた男と女が僕に気づいてゆっくりこちらを振り向くが、濁った目で見つめたまま動く気配はない。立ち上がって僕は再び通りを走り出し、あなたを見失った建物を探す。痛みは全く感じないが右手からは少しづつ血が滴って、僕はそこに残るあなたの肢体の感触を確かめた。確かにあなたは僕の前にいたのだ。建物と建物の間を曲がり、狭い通りを走り抜けあなたの残した痕跡を探すうちに夕刻は終りを告げ、町はいつしか夜になる。夜が深まるにつれて町にはさらに沢山の男女が現れ、建物の影や暗い灯の下でお互いの腹腔から何かを引き摺り出すように、押し黙ったままの行為を続けていた。僕は彼らの間を擦り抜け、建物の間のくねくねと折れ曲がる道を進み、町のさらに深い場所へと向かっていく。いつか右手の傷は乾き始めて、疲れ果てた僕は建物の壁にもたれかかり目を瞑った。気がついたのは右手の痛みと頬を打つ雨のせいだった。夜の町に激しい雨が降り始めていた。町に溢れる男女はそれぞれに行き場を求めて緩やかにだが動き出していく。その時だった。雨を避けるため歩き出した群衆と闇の向こうからあなたは突然現れたのだ。夜の雨に打たれたあなたは血に濡れたように長い髪を纏わせて歩いて来る。僕は立ち上がり駆け寄ると、あなたの足元に縋る男女を追い散らし、落ちていた鏡の破片を拾い上げると復讐のようにあなたを建物の壁まで追い詰める。とても会いたかったのだ。雨の中で建物に押しつけ、僕があなたの肩を激しくつかむとあなたは長い長い悲鳴を上げる。その残響が消え去るのを待って、僕はあなたのつめたい髪に触れ、あなたのはじめての言葉を聞き取ろうとあなたの唇を見つめ続けた。

Songs

はじめは気づかないほど小さな叫びだった。聞こえたような気がしたのだ。私は埃っぽく路地の多い道をひとり歩いていた。タン、タン、と音のするように高く飛び跳ね、肌の黒い、スカーフを頭に巻いた女が狭い通りに曲がる手前で踊っている。音楽は無く誰も見ていないが、額から頬には汗が流れて、通りかかった私に気づいても激しく体を動かし続けている。女の視線を横にその角を折れると、突然何か湯気を立てている屋台があって、若い女が焼いた動物の肉を飯に乗せて熱い汁をかけて売る商いをしているのだ。屋台には何人かの先客があって、皆黙って飯を食っている。私も急に空腹を感じ椅子に座ると、何も聞かないうちに私の前に熱いどんぶりのような物がトンと置かれる。飯を食い終って金を払いその奥に進むと、拍子をつけて物を叩くような音が聞こえてきて、遠くの方で痩せた男が地面に座り、太鼓のような物を叩きながら歌を歌っているのだった。長く続くその歌を聞いていると私の横に若い男が立ち、これはとても古い歌なのだと繰り返し言うのだが、私には意味の分からない異国の言葉だ。その歌を後に、男の前の乾いた土の上に僅かな貨幣を置いて私は次の角を曲がる。道を進むと、腐ったどぶのようなところに板の橋が架かっていて、私はそこを渡り一軒の家の土間のようなところに上がり込むのだ。ここにも女がいて、私の腕を取り奥の部屋に入って来いとしきりに勧めるが、私は入口に近い暗い壁の下の長椅子のようなところに座り込んでしばらく、女の運んできた茶をただ啜っている。女は夢うつつただ私の横に座っている。そして女と別れその家を出て、再び小さな路地へ曲がるところで私は気づくのだ。あなたに会おうと思えばいつだって会える。私がそこに行けばいいだけだ。そしてここはどこなのだと振り返れば、確かにここはどこでもない私のいるこの場所なのだ。遠くからは痩せた男の歌がどこまでも聞こえてくる。その先を曲がり、私は私の叫び声を聞いたような気もするが、そのまま次の路地に向かい私は歩き続けたのだ。

Holy-holy

　スクリーン、ひとがうまれること、女たちはその日うまれて、いまはこの建物にいる。この場所、埃だらけの路地を抜け、腐臭の酷いどぶを渡り、注意深く狭い入口を私はくぐって。

　外の光は眩しい。光を避けて暗くしたこの建物、私は女のように腰に長い布を巻いて座っている。女たちは少女のように燥ぎながら、食事を始めた。貧しい食べ物だがおいしいと、私にも勧めて。

スクリーンにふれる。女たちの体に、指に、やさしい下腹に。女たちが私の手にふれる。小さな指だ。ここは酷く暑い町で、戸外では水を売る男の声が繰り返し聞こえてくる。

そうなの、ただそういうことなの。そう聞こえたような気がして、女たちの顔を見るが、笑っているだけだ。ひとりの女が歌い始めて、女たちが声をそろえる。だが意味はわからない、私は歌うことができない。

忌むべき場所、残された時間はきっと僅かだ。そのように女たちはいまここにいる。だがひとがしぬこと、うまれること、それをただあるがままに受け入れて。私はこの午後の、烈しい陽射しをただ見つめて。

女たちの歌のなかで、私は何かをつぶやくが、私にも聞き取れない。だが伝えること、いつかは声になる、いつかは歌になるだろう、このスクリーン、この場所。女たちの歌は途切れず、いつまでも続いていく。

後記

詩とは何か？　物語とは何か？　それは言葉と言葉の間に存在するもの。言葉の生まれる直前にあったもの。いや、あるいは、否。凶暴なライオンを鞭一本で自在に操るサーカスの猛獣つかいのように、僕はいつの日か「言葉つかい」になれることを夢見ていた。しかし、生きることは常に途上だ。僕はひとりの作者として、たとえひとりだけでも読者がいてくれることを心から希望する。あなたに声は届いただろうか？

二〇二〇年一二月　　作者

詩集「Works」

朝妻 誠（あさづま まこと）

現住所＝鳥取県西伯郡日吉津村日吉津２６１５

Works＊著者朝妻誠＊発行二〇二一年三月一五日初版
第一刷＊発行者鈴木一民発行所書肆山田東京都豊島
区南池袋二—八—五—三〇一電話〇三—三九八八—七
四六七＊印刷精密印刷ターゲット石塚印刷製本日進
堂製本＊ＩＳＢＮ九七八－四－八六七二五－〇〇九－九